LES
CHANSONS
DE
PALUSEL

LES CHAMPS - L'AMOUR - LA PATRIE

BIBLIOTHÈQUE DU " FRANC PARLER
17, RUE DU DELTA, 17
PARIS

1897

LES

CHANSONS

DE

PALUSEL

2692

~~ES CHAMPS - L'AMOUR - LA PATRIE~~
LES CHAMPS - L'AMOUR - LA PATRIE

BIBLIOTHÈQUE DU " FRANC PARLER

17, RUE DU DELTA, 17

PARIS

1897

Tous droits d'exécution et de reproduction réservés

LES CHAMPS

L'AMOUR

LA PATRIE

TABLE DES MATIÈRES

LES CHAMPS

PRÉFACE

dé la Première partie

Heureux celui qui chante ;
L'amour et la patrie,
La nature bénie
Et le céleste azur ;
Dans son âme ravie,
Tout l'essor de la vie
Coulera frais et pur.

LA CHAUMIÈRE

J'ai bâti ma chaumière
Sur un riant coteau,
Où fleurit la bruyère,
Où gazouille un ruisseau;
Dont l'onde caressante
Répand sur mon séjour
Sa manne fécondante
Et son refrain d'amour.

REFRAIN

Quelle paix infinie,
Que d'aimables attraits
Règnent dans ta prairie,
Règnent dans tes guérets,
O nature éternelle et bénie !

Un vaste paysage
Parsemé de hameaux,
Me montre le rivage,
La mer et les vaisseaux.
Quand la folle tempête
Met les flots en courroux,
Je découvre ma tête
Pour le salut de tous.

Je vois lever l'aurore
A l'horizon lointain,
Qu'un nouveau soleil dore
De ses feux du matin.
De la cloche vibrante,
J'entends les fiers accords
Fêter l'âme naissante
Et pleurer pour les morts.

Par les herbes des friches,
Par les plants de bouleaux
Où s'égarent les biches,
Paissent de blancs troupeaux :
Et toujours l'hirondelle,
Fidèle à son vieux nid,
Caresse de son aile
Mon toit que Dieu bénit.

A mes essaims d'abeilles
Couvrant, dès le réveil,
Les floraisons vermeilles
Buveuses de soleil ;
Je dois ma douce aisance
Et la juste fierté,
De mon indépendance
Dans l'agreste beauté.

L'ombrage d'un mélèze
Poussé comme un géant,
Les soins de ma Thérèse
Les jeux de mon enfant,
Et la fraîche harmonie,
Et les pures clartés,
Enguirlandent ma vie
D'humbles félicités.

LES BŒUFS

Hô! hé! pacart, hô! hé.! cadet,
A nous la herse et la charrue,
Préparons à point le garet
Pour les chauds baisers de la nue ;
Détruisons toute mauvaise herbe
Et tous parasites buissons,
Place à la triomphante gerbe,
Fille des superbes moissons

REFRAIN

Gentil pacart, gentil cadet
Que notre bonheur est complet,
Que la nature nourricière
Est bonne pour tous ses enfants,
Et qu'elle est belle, tous les ans,
Avec sa robe printanière !

Sans vous, que seraient les humains,
Comment tirer du sol en friche,
Les blonds épis qui, dans nos mains,
Donnent l'appétissante miche ?
Quelles promesses consolantes,
Au renouveau plein de senteurs,
Montent des plaines verdoyantes
Riches de vos humbles sueurs !

Dès qu'au matin, le coq altier
Sonne sa première fanfare
Haut de la croupe et du collier
Vite, mes bons, qu'on se prépare ;
Le devoir aux champs nous appelle
Et l'alouette, à son réveil,
Veut que nous fêtions avec elle
L'éclatant lever du soleil.

Tous deux, vous êtes mes amis,
A la fin de chaque journée,
Toujours vous trouvez au logis
La provende bien mesurée ;
En quittant l'ombreuse charmille
Et nos luttes à pleins sillons,
Vous reposez dans la famille,
Mes doux et vaillants compagnons.

Vraiment, vous me paraissez beaux
Vêtus de blond comme l'aurore ;
Quand vous allez par les coteaux
Dans le pur éclat de la flore :
Les papillons et les abeilles,
Les gais virtuoses des bois,
Le firmament plein de merveilles,
Vous regardent comme des rois.

J'aime surtout vos bons grands yeux
Où l'instinct de paix se révèle,
Où la sérénité des cieux
A mis l'empreinte de son aile ;
Tout graves et lents que vous êtes,
Vous sentez le rire et les pleurs,
Sur vos cornes, aux grandes fêtes,
Flottent des rubans et des fleurs.

LE MOULIN

Dès l'aube, la verte prairie
S'emplit des tictacs du moulin,
Au pied de la berge fleurie
S'éveille le menu fretin;
La meunière en jupe écourtée
Qui montre le bas des mollets,
Jette du grain, fait la pâtée,
A ses cochons, à ses poulets.

REFRAIN

Mon petit moulin
C'est ma richesse,
Son joli refrain,
Quelle allégresse,
Ah! le gain refrain,
Tic et tic et tac,
Vive mon moulin !

L'eau mugit dans la grande roue,
Fredonne sur le déversoir,
Et la rivière se dévoue
Pour la meule et pour le blutoir;
La trappe claque au monte-charge,
Le cheval force des sabots,
Et la charrette prend le large
Au bruit du fouet et des grelots.

Dans les échos du voisinage,
Parmi les bois et les coteaux,
Le vent répand son babillage
Qui se mêle au chant des oiseaux ;
Pour tous les gens de la contrée,
Il est la source du pain blanc,
Dont on fête chaque fournée
Par un régal affriolant.

Ses vannes avec ses rouages,
Propices à d'heureux travaux,
Donnent à ses calmes rivages
Des attraits sans cesse nouveaux ;
Dans ses murailles centenaires,
D'une antique prospérité,
Je ne goûte, ainsi que mes pères,
Que des jours de félicité.

C'est le joyau de la vallée,
L'éclat de rire du canton,
L'hiver, on y fait la veillée
Avec Elise et Madelon ;
Il a des mines séduisantes
Et de grands peupliers ombreux,
Dont les ramures frémissantes
S'épanouissent vers les cieux.

Quand c'est la fête du village,
Et qu'on a bien carillonné,
On vient en corps lui faire hommage
Avec le maire et le curé ;
Après un chœur à la patrie,
Arrosé d'un flot de vieux vin,
On garde en son âme ravie
Un bon souvenir du moulin.

LE NID

Un jeune pinson tout heureux
En voyant grandir sa couvée,
Remplissait de trilles joyeux
Les clairs échos de la ramée ;
Et, des mille frémissements
Courant dans les pousses nouvelles,
S'envolaient des chuchotements
Bissant ainsi ses ritournelles.

Refrain

Auprés du nid de tes amours
Petit pinson, chante toujours,
Toujours, chante jours.

Petit pinson, pour ton bonheur,
Quand les bourgeons veulent éclore,
L'amour, aussitôt, dans ton cœur,
Allume sa brûlante aurore ;
Alors, plein de tendres soupirs,
Près d'une aimante pinsonnette
Tu vois partager tes désirs
Dans une délirante fête.

A deux, préparez maintenant
Dans la profondeur des charmilles
L'asile discret et charmant
Enchassé de frêles brindilles ;
Où vos labeurs et vos transports,
Que bénissent les dieux champêtres,
Dans la paix des ombreux décors,
Grandiront la chaine des êtres.

Vos fils, chers petits créateurs,
Nés dans les concerts du bocage,
Avec les parfums et les fleurs
Apprendront leur divin langage ;
Et, fidèles à vos leçons,
Par les branches hospitalières,
Peupleront aussi de chansons
Les éclosions printanières.

Qu'il fait bon voir ces petits nids
Dans l'arôme des chevrefeuilles,
Où les trouvent nos yeux ravis,
Sous l'abri caressant des feuilles ;
De ces petits coins d'univers,
Que visitent les brises pures,
Monte en cadence, dans les airs,
L'alleluia des créatures.

Chantez toujours, petits oiseaux,
Messagers de la providence,
Dans le vert séjour des coteaux,
Vos hymnes remplis d'espérance ;
Et toujours, la sève des bois,
Prodiguant ses échevelées,
Redira d'une même voix
Au milieu de vos envolées.

LE PRÉ

Le grand pré, tout blanc de rosée,
A des arômes de printemps,
Et s'emplit, sous l'aube dorée
D'harmonieux frémissements,
Les rayons tombant de la nue
En de séduisantes clartés,
Versent au fond de l'herbe drue
D'invisibles félicités.

RefRAIN

Lutins aimés de la prairie,
Cigales et blancs papillons,
Fêtez toujours l'herbe fleurie
Qui verdoye dans nos vallons.

Chaque brin d'herbe a sa couronne
Où se mire le beau soleil,
Baignant la nappe qui foisonne
Dans les délices du réveil ;
Puis, chaque goutte s'évapore
Laissant l'immense tapis vert,
Que la Marguerite décore,
Aux brises du divin concert.

Quand juin tout riant nous arrive
Egrenant ses jours fortunés,
Les foins mûrs, dont l'odeur captive
Avec entrain sont moissonnés ;
Le faucheur, de sa lame ardente
Qu'ajuste un long manche en retour,
A pleins bras, l'échine croulante,
Les coupe dès l'appel du jour.

Accourez troupe d'allégresse
Fourche haute, joyeux faneurs,
Le rire, aux éclats de jeunesse,
Est compagnon de vos labeurs ;
Par vos soins, toute la fauchée
Trouve au fenil son lendemain,
Et puis, aussitôt l'engrangée,
C'est le raoût le verre en main.

Maintenant, paisibles laitières,
A vous les regains savoureux,
Le grand pré vous fait héritières
De son herbe au jus précieux ;
Sécrétez à pleines mamelles
Ce bon lait si cher aux berceaux,
Dont les vertus universelles
Nous rachètent de tant de maux.

Le grand pré, verdoyant sans cesse,
Est le joyau du laboureur,
Il lui prodigue sa richesse
Sans gage d'aucune sueur ;
C'est le grand ami de la ferme,
Aux aspects doux et reposants,
Où l'amour retrempe son germe,
Où s'en vont jouer les enfants.

LA SOURCE

Dans l'éclatante floraison
De nos félicités champêtres,
Une source coule à foison
A travers les prés et les hêtres;
Un gros buisson rempli de mûres
L'abrite des brûlants soleils,
Et le rire des cieux vermeils
Se mêle à ses gentils murmures.

RefRAIN

O source fraîche ! onde sacrée,
Par tous les êtres vénérée,
Que tes mille petits fredons
Sont aimés des bourgeons qui naissent,
Et des fleurettes qui se pressent
Au rayonnement de tes dons !

Je me rappelle ces beaux jours
Où, cueillant la rose des haies,
Je pénétrais avec son cours
L'asile austère des futaies;
O visions resplendissantes
Inspiratrices des vertus,
Simple ruisseau, dômes touffus
Erigés de feuilles tremblantes.

Sa nappe est un profond miroir
Qu'encadrent les fleurs irisées,
De ses berges en entonnoir
Tout de lianes pavoisées ;
Pure comme une âme en liesse,
Sa superbe limpidité,
Semble un rayon de vérité
Baisant le front d'une déesse.

Qu'on trouve de charmes discrets,
De tendre saveur idyllique,
Et d'intarissables attraits
Dans sa sérénité rustique !
Mon cœur se gonfle d'allégresse
Rien qu'à voir l'aimable décor,
Le lit de sable couleur d'or
De l'immuable enchanteresse.

Ce lieu plein de recueillement,
Comme un sanctuaire d'église,
Recèle un doux enseignement
Que répand la voix de la brise ;
C'est là que vont les bonnes fées,
Protectrices de nos moissons,
S'instruire aux divines leçons,
Par les belles nuits étoilées.

C'est aux champs de paix et d'amour,
Dans le creux boisé des collines,
Que les sources prennent le jour
Et coulent au gré des ravines ;
Joyaux sertis par la nature
Pour assurer notre bonheur :
Tout vous est cortège d'honneur
Dans vos royaumes de verdure.

LE BRIN D'HERBE

Velours béni de la prairie,
Plein des mirages du ciel bleu,
Cher à la douce rêverie
Où l'âme converse avec Dieu :
Partout, l'humble magnificence
De tes éternels lendemains,
Répand des parfums d'innocence
Pour l'enchantement des humains —

REFRAIN

Petit brin d'herbe aimé de tous :
Par tes verts gazons rajeunie,
La vieille terre est si jolie
Que les astres en sont jaloux. —

Chaque printemps voulant éclore
Avec des aspects verdoyants,
Dans sa robe multicolore
Aux longs panaches ondoyants ;
Le modeste et simple brin d'herbe,
Roi de la multiplicité,
Leur prête sa nappe superbe
Rayonnante de majesté. —

C'est dans le pur éclat champêtre,
Mêlé d'altières floraisons,
Que le brin d'herbe aime à renaître,
Aux clartés des grands horizons ;
Chaque nuit, la blanche rosée
Le pénètre de son amour,
Chaque aube le fait épousée
Des chaudes caresses du jour

Chaste parure des vallées
Anx merveilleux panoramas,
Sèves en tous lieux révélées,
Propices à tous les climats ;
Le brin d'herbe, quelle richesse,
Quand les accords du chalumeau,
Célèbrent avec allégresse
Les prémices du renouveau !

Berceau des tendres ariettes
Aux roucoulements de bonheur,
Et des ravissantes fleurettes,
Don de fête du créateur ;
Le brin d'herbe est aussi l'asile
Où s'abritent les appétits,
Et l'effervescence nubile,
De tant d'infiniments petits.

Quand la terre n'est plus qu'un rire
Fait de végétaux odorants,
Le brin d'herbe comme une lyre
Tressaille au fol archet des vents ;
L'aimable attrait de sa verdure
Qui s'épanouit à nos yeux,
Chante par toute la nature
Un hosanna mystérieux.

LE CHÊNE

Que de fois, dans ma jeunesse,
J'ai dormi sous les grands chênes,
Où j'étalais ma paresse
Au temps des chaudes haleines ;
Que de fois, je m'en souviens,
Plein d'audaces amoureuses,
J'eus de tendres entretiens,
Sous leurs coupoles ombreuses.

REFRAIN

Du gui sacré, le chêne fut le père,
De nos aïeux, il éleva les cœurs,
Saluons-le dans sa race prospère,
Le chêne est roi des agrestes splendeurs.

Aujourd'hui, je vois encore
Le vieux chêne centenaire
Arbre géant que décore
L'humble parure du lierre ;
Avec le ménétrier,
Les fêtes et les dimanches,
On allait par le sentier
Boire et danser sous ses branches.

Dans la forêt qu'il domine,
Le chêne à sombre verdure,
Déploye en pic de colline
Sa gigantesque ramure ;
Sur son énorme tronc gris
Lancé comme une colonne,
Il montre à nos yeux surpris
Sa majesté qui rayonne.

Sa housse, toujours sévère,
Foisonne de mélodie,
Qu'elle abrite du tonnerre
Comme des vents en furie ;
Que de nids et de chansons
Ne semant que l'allégresse,
Pourraient parler aux buissons
De sa puissante noblesse. —

De son bois, de son écorce,
De son feuillage de gloire,
Il symbolise la force,
Il couronne la victoire ;
L'âtre flambe son aubier,
Et la féconde industrie,
Dépèce le cœur entier
Pour char ou tabletterie.

Par ses racines profondes
Plongeant comme autant de glaives,
Dans les entrailles fécondes
De la terre aux chaudes sèves ;
Monte l'orgueilleux sommet
Qui va défier la nue,
Et vibrer aux coups d'archet
De chaque brise perdue.

LA RONCE

La Ronce est une bonne fille
Qui sait apaiser nos tourments,
Elle est modeste, elle est gentille
Et ressemble à nos gais sarments :
Son humeur un peu vagabonde
Lui fait habiter tous les coins,
Où, malgré les dédains du monde,
Elle trouve à vivre sans soins.

REFRAIN

Ah ! que çà pique, pique, pique
Aux franges vertes du buisson,
Quelle cueillette magnifique
Y murit à chaque moisson,
Ah ! que çà pique et que c'est bon
Aux franges vertes du buisson.

Partout, son existence est digne,
Même parmi les champs bourbeux,
Quoiqu'elle aime, comme la vigne,
Les terrains chauds et rocailleux ;
Elle sait être familière
Et former de jolis festons,
Quand son espèce buissonnière
S'épanouit dans nos cantons.

On ne voit pas dans la nature,
Pourtant riche de merveilleux,
De plus agréable parure
Que ce végétal épineux ;
Le printemps, comme à l'aubépine,
Lui prête d'aimables atours,
Et l'abeille, qui la lutine,
Se complait dans ses alentours.

Que de brillantes vocalises,
Que de petits nids de bonheur,
Au couvert des ronces conquises
Doivent un abri protecteur ;
La ronce, en ses calmes retraites,
Semble un rayonnant paradis,
Aux craintives bergeronnettes
Qui vont y couver leurs petits.

J'ai bien souvent, après l'école,
A l'âge endiablé des gamins,
Musé pour une mûre folle
Roujoyant le long des chemins ;
La ronce, toujours débonnaire,
Prodigue ses fruits savoureux,
Dont le bon jus nous désaltère
Et dont l'éclat rit à nos yeux. —

Enfin, son précieux feuillage
Aux médicinales vertus
Chaque jour, nous offre le gage
De ses mérites assidus ;
Elle vaut bien qu'on la vénère
A l'égal des plants renommés
Car son arôme est salutaire
Où ses bouquets sont essaimés.

LES PEUPLIERS

Quoi de plus beau, de plus coquet
Que ce géant de nos prairies,
Depuis sa base à son sommet,
Que de sèves épanouies ;
J'ai bien souvent, silencieux,
L'âme heureuse et contemplative,
Admiré sous l'éclat des cieux
Son imposante et pure ogive.

REFRAIN

Partout groupés en longues files,
Dardant au ciel de fiers cimiers
Et des ramures juvéniles,
Voilà, voilà les peupliers.

Compagnon fidèle des eaux,
Il se complait dans les mirages
Des grands lacs et des clairs ruisseaux
Dont il embellit les rivages ;
Il a de gais frémissements
Lorsque les brises voyageuses,
Répandent leurs enivrements
Parmi ses bannières ombreuses.

Dans son feuillage hospitalier
Qui rend des accords de cymbales,
Les moineaux, au temps printanier,
Font leurs agapes conjugales.
Quand l'amour peuple les buissons,
L'aimable et douce poésie
Glane d'abondantes leçons
Autour de sa nappe fleurie.

Par nos pères, il fut planté
Sur les places de nos villages,
Comme emblème de liberté,
Comme effroi de tous les servages ;
La République, à son essor,
L'arrosa de vin et de gloire,
Imprimant dans son vert décor
Une page de notre histoire.

Qu'il fait bon voir ces peupliers
Par les routes de notre France,
Alignés comme des troupiers
Sur deux rangs pleins d'exhubérance ;
Sous leurs vastes rameaux fourchus,
Dais sans fin baigné de lumière,
On passe comme des élus,
Le pas léger, l'allure altière.

Dans l'infini des horizons
Tapissés d'agrestes merveilles,
Les opulentes floraisons,
Où se délectent les abeilles,
Font un cortège triomphal
Et d'une royale envergure,
A ce superbe végétal
Qui fait l'orgueil de la nature.

LE PRINTEMPS

Vive les champs, vive les bois,
Vive les retraites sublimes
Où le plein air dicte ses lois,
Où l'eau gronde au fond des abîmes ;
Vive les fleurs, vive l'amour,
Vive l'azur plein de lumière,
Où l'astre éblouissant du jour
Poursuit sa royale carrière.

REFRAIN

Salut printemps
Plein de rires sonores,
De cœurs aimants,
D'herbes multicolores ;
Salut printemps
Plein de blondes aurores. —

Qu'on puise de calme et d'oubli
Dans la paix auguste des plaines,
Comme on s'y retrouve ennobli
Et purgé des lèpres humaines ;
Quelle pure félicité
Recèle toute la nature,
Quelle sereine majesté
Parmi ses dômes de verdure !

Tout charme l'esprit et le cœur,
Tout foisonne de mélodie,
Tout nous révèle le bonheur
Et l'enchantement de la vie ;
La cigale, dans les sillons,
Fête le retour du brin d'herbe,
Le fol essor des papillons
Prélude à l'essor de la gerbe.

Partout renaissent les muguets,
Les coucous et les marguerites
Les grands épis, les grands bleuets,
Les jasmins et les clématites ;
Les ombrages mystérieux,
Les petits nids pleins de tendresse
S'épanouissent sous les cieux,
Dans l'universelle allégresse.

Gais ruisselets, gentils fredons,
Gracieuses berges fleuries,
Nuits de baisers, jours de pardons,
Brises fécondes et bénies !
Avec l'arôme des sainfoins
Monte le chant de l'alouette,
Et l'on entend dans tous les coins
Gazouiller la bergeronnette.

Roses de mai, lilas d'avril,
Gazons miroitant de rosée,
Bambins joufflus au clair babil,
Chaumière agreste fortunée !
Aux effluves du renouveau,
Que de soupirs et de bruits d'ailes,
Que de rythmes de chalumeau
Dans l'espace plein d'hirondelles !

LE VIGNERON

Je suis heureux dans ma chaumière.
Au joli pays bourguignon,
Près d'une coquette rivière
Où l'on voit sauter le goujon,
Ma vigne superbe et féconde,
S'étage aux pentes du coteau,
Mon pré miroite à fleur de l'onde
Ses parures de renouveau. --

Refrain

La grappe est mûre
Sur les rameaux,
Merci nature,
Merci coteaux,
Beau soleil et belle verdure,
Merci, voici les vins nouveaux.

Mon père me fit, dès l'enfance,
Boire au biberon de Bacchus,
Et lever mon verre à la France,
Et, là haut, saluer Phœbus ;
Vive le vin de la patrie,
C'est le vin de gloire et d'amour,
C'est le plus chaud rayon de vie,
Condensé par les feux du jour.

Tout s'affine dans le mystère
Parmi les feuilles du sarment,
La bonne sève nourricière
S'y combine au bleu firmament ;
La vigne, si bien reposée
Pendant le règne des frimas,
Quelle séduisante épousée
Du soleil et des échalas!

C'est tout le travail de l'année,
C'est la serpette et le hoyau,
Qui font la belle vendangée
Et le triomphe du tonneau ;
Le cep a la reconnaissance,
Des soins qui lui sont consacrés
C'est alors, avec abondance,
Qu'il pousse des raisins sucrés.

Aux jours bénis de la vendange,
Tous les fronts si montrent joyeux,
La cuve s'emplit, et la grange,
A la cave fait les doux yeux;
Dès que la vigne est dépouillée
Et que s'annonce le couchant,
Pendant une longue veillée,
A table, on festoye en chantant.

Au cours de l'hiver on soutire,
On gourme, on choye le bouquet,
La cave n'est plus qu'un sourire
Où la bonde fait le hoquet.
Au logis, quelle régalade,
Si la huche est pleine de pain,
Et le saloir plein de grillade,
Et la cave pleine de vin.

LE LABOUREUR

C'est sous un humble toit de chaume
Plein de la céleste lueur,
Et de l'agreste et sain arôme,
Que s'abrite le laboureur;
Dans le culte de la famille,
 Au sein de la rusticité,
Où règne l'ombreuse charmille,
Il trouve sa félicité.

Refrain

Salut à qui vous a semés,
 Grandes luzernes et grands blés,
 Parmi le ferment créateur,
 Aux universelles clartés,
 Salut, salut au laboureur.

Simple de gouts, simple de mise,
Le travail est toute sa loi
L'indépendance est sa devise
Et le clair soleil est sa foi ;
Les champs, les bois trament sa gloire
A chaque fervent renouveau,
Il connaît à fond le grimoire
De la terre et de l'arbrisseau.

Avec les œuvres du fermage
Il comble sa frugalité,
Il reflète sur son visage
La sereine virilité ;
Il sait qu'il faut à la patrie
Des légions de défenseurs ;
Il est prêt à donner sa vie
Pour chasser les envahisseurs.

Il veille sur le pâturage
Où se délectent ses troupeaux,
Il goûte la paix du feuillage
Où vocalisent les oiseaux ;
Le ruisselet frais et limpide
Qui poétise les sillons,
Le baigne d'un charme candide,
Ainsi que les blancs papillons.

Sa charrue est sa providence,
L'âme de sa prospérité.
Il entoure de prévoyance
Le soc, par lui-même ajusté ;
Il chérit le double attelage
Qui peine à ses rudes labours,
Il adore le paysage
Qui renferme tous ses amours.

Vienne l'époque des semences,
Ou celle des riches moissons,
Fait aux suprêmes endurances,
Il en pratique les leçons ;
Il accomplit de vive allure
Sa tâche de fécond labeur,
Il est enfant de la nature,
Il en proclame la splendeur.

LES POMMIERS

Voyez mes beaux pommiers en fleurs,
Parés comme pour l'hyménée,
Comme ils ont de chastes senteurs
Et que leur grâce est fortunée ;
Le printemps, dieu de la jeunesse,
Leur brode à chaque renouveau,
Le même rire d'allégresse
Et le même odorant manteau.

Refrain

Dans nos verres, mousse et pétille,
Cascade au goulot des cruchons,
Bon cidre qui nous émoustille
Quand nous trinquons, quand nous trinquons,
Quand nous buvons, quand nous buvons.

Mon bel enclos si lumineux
Où le soleil levant rayonne,
A toujours, pour charmer mes yeux,
L'éclat de paix qui l'environne ;
La cigale s'y fait entendre
Quand l'aile des tièdes zéphirs,
Sur les pointes de l'herbe tendre,
Eveille d'amoureux soupirs.

De tous mes pommiers, je suis fier,
J'en possède une quarantaine
S'épanouissant au plein air,
L'allure robuste et sereine ;
Comme ils sont toute ma fortune,
Je les couve de soins jaloux,
Souvent, le soir, au clair de lune,
J'y vois de galants rendez-vous.

Aux jours bénis des fauchaisons,
Déjà prodigue d'abondance,
Mon enclos à des fenaisons
Qui valent ma reconnaissance ;
Et pendant que mon foin se fane,
J'admire tous mes dômes verts
Où les pommes, en caravane,
Sortent des bourgeons grands ouverts.

Enfin septembre a tout muri,
Pommes blanches et pommes rouges,
Les feuilles ont un peu jauni
Et se creusent comme des gouges ;
Empressons-nous à la cueillette,
Allons, échelles et paniers,
Mes deux garçons et ma fillette,
Tout le monde grimpe aux pommiers.

Le doux jus d'ambre du pressoir
Sans relâche remplit mes tonnes,
Coulant dès l'aube jusqu'au soir,
Mon rêve de tous les automnes ;
Maintenant, que l'hiver s'apprête,
J'ai du cidre plein mon cellier,
Chaque dimanche on fera fête,
En famille, autour du foyer.

LES MOISSONNEURS

C'est le mois d'août : partout, la nappe blonde,
Des grands épis, se courbe au gré des vents,
Les blés sont murs, et la plaine féconde,
Au laboureur fait de riches présents ;
Le soleil d'or qui domine l'espace,
De ses clartés inonde les moissons,
L'air est joyeux, dans la brise qui passe
Vibre l'éclat du rire et des chansons.

REFRAIN

Aux vœux de nos cœurs,
Les cieux sont propices,
Nos rudes labeurs
Nous font les délices
De jours enchanteurs,
Gai les moissonneurs.

Comme à l'envi, les ardentes faucilles
Rasent le sol à tous les feux du jour,
L'alleluia règne dans les familles,
La grange attend les œuvres du labour ;
Au poids rêvé d'opulentes javelles,
Chacun s'éprend d'un riant avenir,
Fait d'allégresse et peuplé d'hirondelles
Qui, tous les ans, voudront nous revenir.

Par les sillons, de nombreux tas de gerbes
Disent bien haut les gloires de l'été,
Dont les splendeurs, les largesses superbes
Parlent au cœur de paix, de liberté ;
L'amour foisonne au sein de la nature
Et rend les fronts sans cesse radieux,
Dans l'abondance et la saine verdure,
Dons fortunés de la terre et des cieux.

Heureux travaux, récoltes triomphales,
De vastes chars roulent des monts d'épis,
Tout est comblé, des meules ogivales,
Près de la ferme, occupent les pâtis ;
L'ample grenier gémit sous la pesée
Que lui fournit sa charge de froment,
D'où sortira, ceint de croûte dorée ;
Et cher à tous, le suprême aliment.

Dans les fournils, où la pâte fermente,
Où s'affine l'arôme du pain blanc
On parlera de la moisson présente
Qui se fondra bientôt dans notre sang.
Le paysan, soutien de la patrie,
Son nourricier comme son défenseur,
Trouve, au champ clos de sa noble industrie,
Le vertueux et tranquille bonheur.

LE REPOS CHAMPÊTRE

Moi, j'adore les marguerites,
Les bleuets et les gazons verts,
Et l'auguste beauté des sites
Qu'embrassent les cieux grands ouverts ;
J'adore aussi, dans les fougères
Qu'abritent les ombreux arceaux,
Écouter le chant des bergères
Et le bêlement des troupeaux.

REFRAIN

O sublime repos champêtre
Baigné de rayons et d'azur,
Comme on se surprend à renaître
Dans tes parfums, dans ton air pur !
Déjà, mon âme consolée
S'anime d'un plus doux essor,
Et cueille pour sa bien aimée
Une gerbe de pourpre et d'or.

J'adore toute la nature,
Que d'agréments dans ses atours,
O temple aimé, tout de verdure,
O tabernacle des amours !
Les tendres ébats des mésanges,
Si pleins d'accords mélodieux,
Redisent les chants que les anges
Disent au souverain des cieux.

Que de bonheur à vous connaître,
O cantilène du ruisseau,
O brise qu'embaume le hêtre,
O sourire de l'arbrisseau !
Muse riante du bocage
Qui fait valser les papillons,
Tu nous berces dans le mirage
Du rêve et des illusions.

Chaque sève est comme un emblême
Qui symbolise nos vertus,
La rose dit : c'est vous que j'aime,
Le lys s'ouvre aux cœurs ingénus ;
La vigne, c'est la gaudriole
Présidant aux joyeux festins,
Et le chêne, c'est l'auréole
Des fronts aux superbes destins.

Joyeux matins blancs de rosée,
Crépuscules mystérieux,
Hameaux perdus dans la ramée,
Plaines sans fin, monts orgueilleux !
Quelle harmonieuse allégresse
Des êtres et des végétaux,
Comme la divine sagesse
Met de grâce à tous ses travaux !

Heureux ceux que la paix attire
Au sein des agrestes splendeurs,
Où, tout seul, on apprend à lire
Le merveilleux livre des fleurs ;
C'est là qu'est l'éternelle fête,
Dans les calmes enchantements,
C'est là que rêve le poète,
Dans l'infini des éléments.

DEUXIÈME PARTIE

L'AMOUR

PRÉFACE

de la deuxième partie

Quand les brises du renouveau
S'épanouissent daus les chênes,
Baigant la plaine et le coteau
De leurs fécondantes haleines ;
Vous qui passez par les chemins
Bordés de bois et de prairies,
Et qui cueillez à pleines mains
D'odorantes gerbes fleuries ;
Et vous que l'amour a comblés
De ses caresses délirantes,
Et dont les rêves adorés
Sont pleins de lèvres souriantes :
Dans l'universelle harmonie,
L'âme en fête, chantez toujours,
Ces pures clartés de la vie,
Le gai soleil et les amours.

SUR L'OREILLER

Si tu voulais, brunette fille,
Quand la lune argente les cieux,
Quand tu retires ta mantille
Pour reposer tes jolis yeux :
Tu céderais à ma prière
Sans repentir et sans effroi,
J'irais éteindre ta lumière
Et dormir à côté de toi.

REFRAIN

Sur l'oreiller,
En tête à tête,
Dieu! quelle fête
De sommeiller,
En tête à tête,
Sur l'oreiller.

Alors, tu verrais de nos âmes
L'essor brûlant et radieux,
S'attiser aux divines flammes
Des délires mystérieux ;
Et, par ta grâce d'épousée,
L'amoureuse communion,
Ferait de sa chaude rosée
Une sanctification.

Je nourris en moi l'espérance
D'être l'élu de tes désirs,
Je soupire après l'alliance
Où se confondraient nos soupirs ;
Où notre fervente jeunesse,
Semant l'amour comme les grains
Verrait croître dans l'allégresse
Une moisson de chérubins.

Aimer, c'est la vertu suprême,
C'est le ravissement du cœur,
Se donner à celui qu'on aime,
C'est le plus intense bonheur ;
Aimons-nous donc, gentille brune,
Réunissons nos deux printemps,
J'irai ce soir, au clair de lune,
Fêter avec toi mes vingt ans.

MA VOISINE

J'ai pour voisine une brunette
Au frais minois, à l'œil mutin,
Qui roucoule dans sa chambrette
Comme un oiseau, dès le matin ;
L'heureuse fille est belle et sage
Et ne doit rien qu'à son labeur,
Moi, j'adore ce voisinage
Qui met le rire dans mon cœur.

Refrain

Vive la jeunesse
Qui met en liesse
L'âme, nuit et jour ;
Quand c'est l'hyménée
D'une fiancée
Brûlante d'amour.

Quand je la vois à sa fenêtre,
Quand je la vois sur le palier,
Je tressaille de tout mon être,
Timide comme un écolier ;
Mais pas à pas, je m'apprivoise
Et bientôt, mes secrets désirs,
Avec une audace gauloise,
Provoquent ses tendres soupirs.

Elle est aimable, elle est sévère,
Elle est modeste en ses atours,
Elle est sans fortune et sans mère,
Et d'humeur égale toujours ;
Elle met, ses jours de toilette,
Un bijou reçu de ma main,
Elle m'a promis, en cachette,
Une promenade au lointain.

Donc, par un superbe dimanche
Plein de verdure et de soleil,
Nous nous donnâmes carte blanche
Et partîmes dès le réveil ;
A travers la campagne ombreuse
Riche de foins et de bleuets
Tous deux, l'âme franche et joyeuse,
Nous ne fîmes qu'heureux projets.

Depuis, elle est ma fiancée,
Dans un mois nous nous marierons,
Et parfois, à la dérobée,
Maintenant nous nous embrassons ;
Elle a ses vingt ans, ma voisine,
Et moi. j'en ai quatre de plus,
L'hymen sûrement nous destine
Au bonheur sans fin des élus.

———

GENTILLE ROSE

Dans un sentier plein d'ombre et de mystère
Où j'épelais le babil des oiseaux,
Vint à passer, sautillante et légère,
Gentille Rose effeuillant les rameaux;
Le cœur charmé, je l'arrête au passage
Et je lui dis d'un air audacieux :
Laissez-moi prendre un baiser comme gage,
Gentille Rose, sur vos jolis yeux.

REFRAIN

Au bois, ma rosinette
Ne va jamais seulette,
Ta mine gentillette
Te perdrait sans retour,
Gare au jeu de l'amour,
Oui, de l'amour.

Savez-vous bien qu'avec toutes ses flèches,
Sur ce chemin, l'amour s'est embusqué,
Jurant combats et meurtrières brèches
A tout minois, sur ses terres traqué ;
Dans les contours de votre doux visage
Semble habiter l'archange radieux,
Laissez-moi prendre un baiser comme gage,
Gentille Rose, sur vos jolis yeux.

De vos attraits, ne soyez pas avare,
La charité vous le défend du moins,
Etre si belle est, ma foi, chose rare,
Heureux celui que berceront vos soins ;
Comme un bienfait, acquittez ce péage
Qui pourrait faire bien des envieux,
Laissez-moi prendre un baiser comme gage,
Gentille Rose, sur vos jolis yeux.

Inspirez-vous des purs éclats de fête,
Du calme heureux, qui règnent dans ces bois,
Témoins discrets de notre tête à tête
Et répétant d'une sublime voix :
Empressez-vous aux plaisirs du jeune âge,
L'amour s'éteint dès que l'on se fait vieux,
Laissez-moi prendre un baiser comme gage,
Gentille Rose, sur vos jolis yeux.

Rien qu'un baiser, c'est vraiment peu de chose,
Le refuser serait d'un mauvais cœur,
Au grand jour clair succède la nuit close,
Craignez alors la dent du loup rodeur ;
Sans plus tarder, docile à mon langage,
Sous le soleil dardant ses derniers feux,
Laissez-moi prendre un baiser comme gage,
Gentille Rose, sur vos jolis yeux.

Mais, quel émoi rend votre âme tremblante
Et dans vos cils met des pleurs éperdus !
Sur ce chemin, passez donc triomphante
Sans rien céder à mes vœux superflus ;
Toujours alors, dans l'aimable sillage
Que tracera votre essor lumineux,
Vous me devrez un baiser comme gage,
Gentille Rose, sur vos jolis yeux.

NOUS DEUX MA MIE

Un jour d'été, nous deux ma mie,
Nous allions cueillir des bleuets,
La campagne pleine de vie
Déployait ses plus beaux attraits ;
Dans les peupliers et les chênes,
De grands souffles harmonieux,
Mariaient leurs pures haleines
A l'éclat de rire des cieux.

Refrain

Vive la vie
Nous deux ma mie,
Sous la coupole du ciel bleu ;
C'est tous les jours
Mêmes amours,
Glorifiant l'œuvre de Dieu.

Côte à côte et le cœur en fête,
Nous allions la main dans la main,
Dans les douceurs du tête à tête
Et des fleurettes du chemin ;
Riches de verve babillarde
Et de juvénile gaîté,
Nous avions l'allure musarde
Qu'inspire la félicité.

Au sein des épaisses ramures,
Dans les sentiers perdus des bois,
Nous avons goûté les murmures
De leurs mystérieuses voix ;
Comme des enfants en liesse,
Nous avons fait des chalumeaux,
Flûté des rhytmes d'allégresse
Et barboté dans les ruisseaux.

Nous groupâmes toute une gerbe,
En taquinant les papillons,
De fleurs écloses parmi l'herbe
Des landes comme des sillons ;
Que d'invisibles alouettes
Nous ont, de l'azur infini,
Chanté de fraîches ariettes,
Comme dans un rêve béni !

Des coquelicots au corsage,
Des marguerites aux cheveux,
L'incarnat du sang au visage
Et le regard voluptueux ;
Ma mie, à mon bras suspendue,
M'enveloppait d'accents câlins,
Et moi, baisant sa lèvre émue,
J'épousais ses secrets desseins.

Enfin, tous deux nous nous grisâmes
De caresses et de senteurs,
Et le fol essor de nos âmes
Fut l'essor de tendres ardeurs ;
Feux impétueux de jeunesse,
Age sublime des amours,
Transports d'incomparable ivresse,
Que ne durez-vous pas toujours !

LE SOUVENIR

Elle m'a quitté, ma mignonne,
Pour s'en aller vers l'éternel,
Où sa petite âme si bonne
Plâne avec les anges du ciel ;
Au sein de la voûte azurée,
Elle réside maintenant,
Rayonnante comme une fée,
Ma mignonne que j'aimais tant.

REFRAIN

Tout seul maintenant, je chemine
A travers de longs jours en deuil,
Le bonheur a fui ma chaumine,
Ma mignonne dort au cercueil.

Je la connus un jour de fête,
Avril se pavoisait de fleurs,
Et notre premier tête à tête
Fut l'enchaînement de nos cœurs ;
Depuis, quelle œuvre de tendresse,
Sans cesse je fus son amant,
Elle fut toujours ma maitresse,
Ma mignonne que j'aimais tant.

Chaque dimanche, au cimetière,
Je porte une gerbe de fleurs,
Tout bas, je dis une prière,
Et de mes yeux coulent des pleurs ;
Parfois, mon esprit en délire
La voit, de sa tombe sortant,
Me tendre les bras et sourire,
Ma mignonne que j'aimais tant.

En rêve, je cause avec elle,
Je lui rappelle notre amour,
Et la gentille tourterelle
Qui nous becquetait tour à tour ;
Que nous étions heureux de vivre
Sans nous quitter un seul instant,
Je voudrais mourir et la suivre,
Ma mignonne que j'aimais tant.

Maudite soit la destinée
Qui me la prit à son été,
Et me laisse l'âme brisée,
Veuf de toute félicité ;
Pourquoi m'a-t-elle été ravie,
O sort brutal et décevant,
Elle était la foi de ma vie,
Ma mignonne que j'aimais tant.

Mes sanglots peuplent la nature
Où ses pas étaient familiers,
Et les petits coins de verdure
Où nous échangions des baisers ;
Je resterai toujours fidèle
A son souvenir caressant,
Elle était si bonne et si belle,
Ma mignonne que j'aimais tant.

LES JUMEAUX

Un homme, déjà d'un grand âge,
Seul et d'un pas lent cheminait,
Dans les approches d'un village
Où son destin le conduisait ;
Quand, sous l'ombrage d'une treille
Enlaçant un pied de sureau,
Une vision sans pareille
Lui mit au cœur ce chant si beau. --

REFRAIN

Mère, féconde mère,
Ta race à la patrie est chère,
Sur ton sein qui peut les nourrir,
Tes deux chérubins vont grandir,
C'est l'avenir, c'est l'avenir.

Assise sur un talus d'herbe,
Les yeux pleins de ravissement,
Montrant la nudité superbe
Où palpitait son cœur aimant ;
Une femme aux fortes mamelles
Allaitait ses deux fils jumeaux,
Que ses étreintes maternelles
Enserraient comme des joyaux.

Enfants bénissez votre mère
Qui guidera vos premiers pas
Et baisera votre paupière,
Le soir, en redisant tout bas :
Dormez, les anges de ma vie,
Dans le duvet de vos berceaux,
Où la souveraine harmonie
Veille, des célestes arceaux.

Jusqu'au faîte de vos années,
Fidèles à ces purs séjours,
Goûtez la paix de vos ramées,
De vos moissons, de vos labours ;
Mais, si la France un jour s'éveille
Aux sourds grondements du canon,
A d'autres le rôle d'abeille,
A vous le rôle de Lion.

Amour sacré de la famille,
Source de nos félicités,
C'est toi, dans l'agreste charmille,
C'est toi, dans les fières cités :
Qui fais que chaque descendance
Tour à tour, devient des aïeux,
Et qui berces l'adolescence
Dans tes mirages radieux.

Heureux celui dont la vieillesse
Peut rajeunir ses cheveux blancs,
Par des souvenirs de tendresse,
Au contact de ses premiers ans ;
Heureux celui qui d'une épouse,
Enchanteresse du fôyer,
Voit luire la flamme jalouse,
Sur lui, jusqu'au souffle dernier.

L'AMOUR EN DANGER

Lorsque la grimaçante fée
Qui fait grisonner les cheveux,
Voudra, de sa face ridée,
Eteindre mes goûts amoureux ;
Je lui dirai, l'âme en détresse,
Fais-toi clémente pour un jour,
Emporte toute ma richesse
Et laisse-moi tout mon amour.

REFRAIN

Par les flèches de Cupidon,
Narguons l'infernale mégère
Chaque belle qui nous est chère
Nous abrite de son guidon.

Pourquoi serait-on sur la terre
Si ce n'était pas pour aimer,
Si l'on supprimait le mystère
Et les extases du baiser ?
Je dois à Lise une caresse,
Et pour m'acquitter sans retour,
Laisse-moi toute ma jeunesse
Et la puissance de l'amour.

Tout l'or que possède le monde
Ne vaut pas le doux abandon,
D'une voluptueuse blonde
Aimante comme le pardon ;
Eva me garde une liesse
Sans un voile et sans un atour,
Auprès cette enchanteresse,
Qu'irais-je faire sans amour.

Je veux, toute mon existence,
Suivre le culte de Vénus,
Elle est ma divine croyance
Avec le rayonnement Phœbus ;
Ses messagères et d'allégresse
Me tendent leurs bras tour à tour,
Laisse moi, jalouse vieillesse,
Me griser d'effluves d'amour.

Que ta cruauté me révolte,
Vois donc les élans de mon cœur,
Vois la séduisante récolte
Qui n'est que ma part de bonheur ;
Laisse-moi vivre de tendresse,
A tout minois je fais la cour,
Va t'en, scélérate déesse,
Toi qui veut tuer mon amour.

LA CLAIRIÈRE DES BAISERS

Rosine, un jour, sous les grands hêtres,
Me voyant triste et soucieux,
Me dit, au sein des bruits champêtres,
Avec de l'amour plein les yeux :
Pour que ton jeune front s'éclaire
D'espoirs tendres et familiers,
Viens avec moi dans la clairière,
Dans la clairière des baisers.

REFRAIN

Si l'amour a des ailes,
S'il enchaîne les cœurs,
C'est quand les hirondelles
Se mirent dans les fleurs.

Au fond de ces coupes ombreuses,
Où les chênes sont dominants,
Où les brises sont vaporeuses,
Où les oiseaux sont délirants :
Il est un cirque de lianes,
De mousses et de coudriers,
baigné de clartés diaphanes,
C'est la clairière des baisers.

Tête à tête, dans le silence,
A la face de l'infini,
Je te ferai la confidence
D'un rêve fervent et béni ;
Dans mon cœur, comme dans un livre,
Tu liras avec les ramiers,
Tu sauras le secret de vivre,
Dans la clairière des baisers.

J'avais vingt ans, ô le bel âge !
Quand Rosine m'initia,
Aux ivresses sans alliage
Où mon âme s'illumina ;
Depuis, ô ma belle Rosine,
Combien, par les mêmes sentiers,
J'ai conquis ta grâce divine,
Dans la clairière des baisers.

Quand il se fait un mariage,
C'est l'usage dans le canton,
Toutes les filles du village
Emmenant chacune un garçon :
Avec les époux de la veille,
On part à travers les halliers,
Dans une gaîté sans pareille,
Pour la clairière des baisers.

Le plaisir alors se répète,
Les flûtes et les violons,
Cadencent des galops de fête
Et de folâtres tourbillons ;
On s'embrasse sans réticence,
Au signal des ménétriers,
Quatre fois, au moins, chaque danse,
Dans la clairière des baisers.

LA PATRIE

PRÉFACE

de la troisième partie

Vous qui voulez que notre france
Revive des jours glorieux :
Au sacrifice, à la souffrance,
Préparez vos cœurs et vos yeux ;
Jusqu'à l'homicide fournaise,
Évoquez l'heure du combat,
Chantez, chantez la marseillaise,
Cet évangile du soldat ;
Et dites vous que la victoire
Ne pare que les fronts altiers,
Et qu'on ne ceuille de la gloire
Qu'aux épouvantables charniers ;
Soyez la phalange héroïque
Dont la fanfare éclate au vent,
Quand la voix de la république
Vous criera : debout, en avant !

JE SUIS FRANÇAIS

Je suis français, les rives de la loire
Ont. de leurs fleurs, parfumé mon berceau.
Je me souviens du temps où j'allais boire
Et me baigner au fleuve tourangeau ;
O bienheureuses courses enfantines
Par les coteaux d'amboise et de vouvray,
Où j'aimais tant cueillir les églantines,
Toujours de cœur, oui, je vous revivrai !

Refrain

France bénie,
A toi toujours,
Toute ma vie
Et mes amours.

Je suis français, le sol qui m'a vu naître
Pousse à foison la vigne et le froment,
Dans les grands prés, les troupeaux s'en vont
[paître,
Et l'alouette chante au firmament ;
Au cabaret, si l'on choque les verres,
De béranger on redit les chansons,
Chacun, alors ne voit plus que des frères
Communiant au rubis des flacons.

Je suis français, aux champs de gravelotte,
Du régiment je portais le drapeau,
Le sabre en main, le souffle patriote,
Que d'ennemis j'ai couchés au tombeau ;
Plus d'une balle a meurtri ma poitrine,
Mais mon drapeau sans relâche a flotté,
Quand j'ai revu le seuil de ma chaumine,
La croix d'honneur brillait à mon côté.

Je suis français, et puis une française
A, de son charme, captivé mon cœur,
Et maintenant, l'amour de ma Thérèse,
Avec un fils, a comblé mon bonheur ;
Comme son père, à la chère patrie,
Il donnera le feu de ses vingt ans,
Qu'ils puisse alors, transporté de furie,
Passer le rhin de ses pas triomphants.

Je suis français, mon pantalon garance
Chez moi repose avec mon habit bleu,
Tout leur passé me parle d'espérance
Et de hauts faits à la face de Dieu ;
Si nos coursiers secouaient leurs crinières,
Pour s'élancer à des combats vengeurs,
Comme eux encore, aux fanfares guerrières
J'obéirais, plein de fières ardeurs.

Je suis français, le cri de la revanche,
Toujours plus fort, bouillonne dans mon sang,
Mais je suis vieux, déjà ma tête est blanche,
D'autres ont pris ma place au premier rang ;
Jeunes français, abreuvez-vous de haine,
Dès que le lait mouille vos biberons,
Ah ! délivrez l'Alsace et la Loraine,
Et chassez en le règne des teutons.

LAURIERS DE FRANCE

Qu'un jour, la fanfare guerrière,
La voix hurlante des canons,
Rassemblent tous nos bataillons,
Pour défendre notre frontière ;
Qui jettera dans la mêlée,
Le feu d'intrépides accents,
Voltigeant avec la fumée,
Comme des gages triomphants ?

REFRAIN

Reverdissez lauriers de France,
Le vent, qui gonfle nos drapeaux,
Sème des germes de héros
Dans des cœurs trempés de vaillance,
Reverdissez lauriers de France.

Aujourd'hui, toute la patrie,
D'un élan superbe et vengeur,
Pourrait, dans sa bouillante ardeur,
Écraser la race ennemie ;
Qui donc, au chemin de la gloire,
Pourra nous reguider jamais,
Et, d'un pacte avec la victoire,
Sceller une sublime paix ?

Vienne la sanglante épopée,
Quel est celui de nos soldats
Qui dominera les combats
Par les éclairs de son épée ?
O république belle est forte !
Qui chassera l'envahisseur,
Qui souille le pas de ta porte
Et te fais crier : au voleur ?

Terre d'Alsace et de Lorraine,
Frères de Metz et de Strasbourg,
Quel beau soleil et quel grand jour
Où nous briserons votre chaîne !
En vous rendant à votre mère,
Qui fera taire vos sanglots,
Qui replantera la bannière
De vos pères sur vos coteaux?

L'horizon s'emplit d'espérance,
Bientôt, la trompe de nos droits
Sonnera par-dessus les toits
Les hymnes de la délivrance ;
Qui sera le hoche moderne,
Le républicain fier et doux;
Portant l'honneur dans sa giberne,
Qu'un jour, nous acclamerons tous ?

Déjà, notre reconnaissance,
Perçoit des hommages sans fin,
Un nom béni par le destin,
Vénéré dès nos jours d'enfance ;
Une éclatante renommée
Chère au fidèle souvenir,
Éternellement révélée
A tous les siècles à venir.

LE PAYS LORRAIN

Sur les rives de la frontière
Que trace le casque allemand,
Notre lorraine ardente et fière
Évoque le jour triomphant ;
Où la France, acclamant sa gloire,
Reverra sur tous ses remparts,
Dans les souffles de la victoire,
Flotter ses nobles étendards.

REFRAIN

Ah Dieu ! comme on est patriote,
Comme on garde un culte d'airain,
Comme l'écho pleure et sanglote
Au pays lorrain !

Chaque cité, chaque village
Enseigne à tous ses écoliers,
Que le devoir et le courage
Doivent leur être familiers ;
Aussi, chaque enfant de lorraine,
Patriote jusqu'à l'excès,
Sait dire d'un accent de haine :
Je suis français, je suis français.

C'est dans les rondes du dimanche,
Comme aux Kermesses d'alentour,
Que la foi lorraine s'épanche,
Dans un cri d'espoir et d'amour ;
Ah ! comme ils chérissent la France,
Ces couples tendrement épris,
Et ces vieux de la vieille France,
Qui vident un pot de vin gris.

Quand revient le temps des semences,
Et que le garet des sillons,
Promet toutes les abondances
Avec le chant clair des grillons ;
Le bon lorrain, la voix amère,
Dit, en contemplant ses semis :
Mon Dieu ! délivre notre terre ·
De l'opprobre des ennemis.

Pour un lorrain, le plus beau rêve
Sous le chaume de ses aïeux,
C'est, quand la fraîche aube se lève
Dans l'éblouissement des cieux ;
De voir, en plein éclat de fête,
Au fond de ses illusions,
Fanfares et drapeaux en tête,
Apparaître nos légions.

Le ciel, qui mûrit les pervenches
Et parfume les liserons,
Prépare les saintes revanches
Et le gibet des rois larrons ;
Chère lorraine reconquise,
Bientôt, nous sécherons tes pleurs,
Dans un renouveau de la brise,
Avec l'étreinte de nos cœurs.

O PATRIE

Quand on connaît les gloires de la France,
Comme on est fier de se dire français,
Comme on se sent pénétré de vaillance,
Comme on aspire à de nobles succès;
Par le savoir comme par le courage,
On veut briller, être artiste ou soldat,
On veut, qu'un jour, les échos du rivage,
De votre nom répercutent l'éclat.

REFRAIN

O Patrie,
Sois bénie,
Vois l'amour de tes enfants;
Chère France,
L'espérance
Remplit nos cœurs frémissants.

Que de héros tombés pour la patrie,
Avec brennus et vercingétorix,
Que de hauts faits, quelle chevalerie,
Avec nos rois Charlemagne et Clovis;
De Jeanne d'Arc évoquons la mémoire,
Cette héroïne, aux sublimes vertus,
Sauva la France en cueillant de la gloire
Sur les anglais décimés et vaincus.

Depuis vingt ans, ô mère mutilée,
Que de regrets, de sanglots et de pleurs,
Depuis vingt ans, de ton âme ulcérée,
Nous partageons les cuisantes douleurs ;
Bientôt, le fer, aiguisé sans relâche,
Retrempera tes sublimes destins,
Sans nous lasser, nuit et jour à la tâche,
A coups pressés, forgeons-le de nos mains.

S'humilier est lâche et méprisable,
France, peux-tu graviter dans l'affront ?
Plutôt la mort tragique et mémorable
Qu'un joug honteux avilissant ton front ;
Vois ton passé jalonné de victoires,
Dans un renom toujours éblouissant,
Vois le faisceau lumineux de tes gloires,
Plein des lauriers arrosés de ton sang.

Quand l'est en feu s'emplira de mitraille,
Le monde entier témoin de notre ardeur,
Dira d'un cri, chaque jour de bataille,
Braves français, que d'élan, que de cœur ;
De par le droit vengeur et séculaire,
Nous combattrons sans peur et sans merci,
Le ciel, qui voit notre juste colère,
Verra briser l'arrogant ennemi.

Vienne la guerre : à nous, drapeau de France !
Vaincre ou mourir sous tes plis glorieux,
C'est le devoir, la sainte délivrance,
Et le rachat d'un contact odieux ;
Le rêve d'or qui perle dans nos âmes
Est azuré comme un ciel de printemps,
Au jour d'éclore, il sera plein de flammes,
Comme un soleil aux éclats fécondants.

SOLDAT DE FRANCE

Quel plaisir d'être militaire,
Que c'est beau l'habit de soldat !
Pour son pays faire la guerre,
Etre le gardien de l'état :
C'est une tâche sans pareille
Qu'anime le son du tambour,
Qu'enchante le jus de la treille
Et la fille riche d'amour.

REPRISE

Je suis soldàt de France,
Vive le régiment,
Le pantalon garance
Et la marche en avant,
En avant, en avant !

Dès que j'eus ma vingtième année,
Je fus heureux d'être conscrit,
Et fier de partir à l'armée
Porter le sabre et le képi ;
Aussitôt à la compagnie,
Je dis : salut mon commandant,
Je viens pour servir la patrie,
Prenez mon cœur, prenez mon sang.

Le camp, l'escrime et la caserne,
La discipline et le rata,
Le sac, le fusil, la giberne,
Bon pied, bon œil et cœtera ;
Et l'immortelle marseillaise
Aux rytmes toujours enflammés :
Tout parle à mon âme française
Des français lorrains opprimés.

Mourir sur le champ de bataille,
A l'ombre du drapeau vengeur,
Dans un déluge de mitraille,
Voir briller une croix d'honneur ;
Charger à coups de baïonnette,
Aux éclats vibrants du clairon :
C'est de l'ivresse et de la fête
Où fume l'encens du canon.

Pour le salut de notre France,
En avant, toujours en avant,
Jusqu'au jour de la délivrance
Sublime de rayonnement ;
Les yeux tournés vers la frontière,
Préparons-nous pour les combats,
L'heure est solennelle et guerrière,
A nous la gloire ou le trépas.

LA REVANCHE

L'heure est venue ! la voix des répresailles
Trouve partout des échos irrités,
Les chants altiers des suprêmes batailles
Vibrent au sein de toutes nos cités ;
Des prussiens, la race famélique,
Toujours en rut de nouvelles rançons,
Pour nous voler notre or et nos moissons,
Vient se ruer sur notre république.

Refrain

Clairons sonores,
Tambours battants,
Sonnez vos appels triomphants,
Flottez bannières tricolores.

France chérie ! toute régénérée,
Réveille en toi les élans indomptés,
Chasse à jamais de ta terre sacrée,
Ces loups pillards mille fois détestés ;
Point de répit, point de lâches alarmes,
Le fer en main, terrible de courroux,
Écrase les comme d'immondes poux,
Ces vils corbeaux altérés de tes larmes.

Que toūt se lève ! que tout se sacrifie,
Dans notre belle et fière nation,
Qu'en notre sang, l'âme de la patrie
Allume un feu d'extermination !
Ah ! que diraient les mânes de nos pères,
Si l'étranger courbait nos fronts meurtris,
S'il s'imposait à nos foyers conquis,
Que deviendraient nos filles et nos mères ?

Toute la haine ! bouillante en nos entrailles,
Tous nos serments jurés sur des tombeaux, .
Toute la foi débordant nos murailles,
Depuis vingt ans, recomptent nos faisceaux ;
Enfin, la guerre, hideuse vengeresse,
Va moissonner les rapaces germains,
Et de leurs os, perdus sur les chemins,
Fonder encore une ère d'allégresse.

Ombres guerrières ! des dates glorieuses,
Qu'en nos exploits brille votre flambleau,
Illuminez nos âmes belliqueuses,
Roland, Bayard, hantez notre drapeau ;
Hoche et Marceau, soufflez-y la vaillance
Qui fit, jadis, vos noms si redoutés,
Inscrivez-y les sublimes clartés
Que vous dictait l'héroïque science.

Pour rester libres ! pour chatier l'outrage,
Élançons-nous dans le sanglant devoir,
Énivrons-nous à l'odeur du carnage
De ces maudits, marchons dans leur sang noir ;
Entendez-vous quelle douleur s'épanche,
C'est notre Alsace aux prises de Caïn,
Au pas de charge, en avant jusqu'au Rhin,
Au cri brûlant et saint de la revanche.

LE TRIOMPHE

Aux accents de la marseillaise,
Nos soldats passent triomphants,
La grande nation française
Voit la gloire de ses enfants ;
Un peuple, aux brûlantes ivresses,
Acclame sans fin ses drapeaux,
Et se montre les généraux
Dont on raconte les prouesses.

REFRAIN

Victoire, citoyens,
Vive nos bataillons,
Rions, chantons,
Vibrez en chœur
Trompettes et clairons.

Un frémissement de bataille
Flotte au front de tous ces vaillants,
Où le fracas de la mitraille
A mis des stygmates sanglants ;
Partout, des arceaux de feuillage
Parlent de combats glorieux,
Chacun exulte, radieux,
A la ville comme au village.

Notre lorraine est reconquise,
Le Rhin nous offre son accès,
Ses flots, grondeurs comme la bise,
Baignent un rivage français ;
Tous les allemands en déroute,
Ont fui vers leurs champs de houblons,
Le feu vengeur de nos canons,
Leur en a fait suivre la route.

Les fanfares de la victoire
Célèbrent le pacte de paix,
Qui sera gravé dans l'histoire,
Au fronton de tous nos succès ;
Salut à l'antique frontière
D'où le sort nous avait bannis,
Tous les français sont réunis
Autour de leur sainte bannière.

N'oublions pas les récompenses
Que méritent tant de hauts faits,
Tant de peines et de souffrances
Dont nous recueillons les bienfaits ;
Dans cette sanglante épopée,
Combien sont partis au tombeau,
Qu'enflammait notre fier drapeau
Flottant par-dessus la mêlée ?

Enfin, nos fidèles provinces
Ont brisé le joug des pillards,
La Prusse a renié ses Princes,
Et va nous rendre nos milliards ;
La république universelle,
Qui rêve les nations sœurs,
Pour sécher plus vite ses pleurs,
La fait téter à sa mamelle.

CANTIQUE DE FRANCE

Allons, enfants de la patrie,
Apôtres de la liberté,
La république nous convie
Aux jeux de la fraternité ;
Les trois couleurs de nos bannières,
Emblême toujours éclatant,
Parent d'un reflet triomphant
Nos belles fêtes printanières.

Refrain

En fête citoyens,
Vive les nations,
La paix et le bonheur,
Habitent nos sillons.

Énivrés de douce cadence,
Livrons-nous, en d'heureux transports,
Aux gais tourbillons de la danse,
Aux tournois des jeunes essors ;
Dans une entraînante allégresse,
Riant aux lointains avenirs,
Enchainons avec nos plaisirs,
La sereine et pure sagesse.

Oublions, en ces temps prospères,
De sanglantes rivalités,
Avec tous les peuples, nos frères,
Partageons nos félicités ;
Drapeaux de toutes les patries,
Déployés aux mêmes faisceaux,
Montrez, jusqu'aux petits berceaux,
Combien nos âmes sont unies.

Gloire à la sublime science,
Gloire à la féconde vapeur,
Gloire à tout progrès qu'ensemence
Le fervent et calme labeur ;
Avec la charrue et l'enclume,
Nous fixons nos cœurs et nos bras,
Et, si nous livrons des combats,
C'est avec l'idée et la plume.

Entendez-vous dans nos campagnes,
Entendez-vous dans nos cités,
Par les plaines et les montagnes,
Ces échos partout répétés ?
O république tutélaire !
A tous les français, tes enfants,
Tes superbes enseignements
Font une âme intrépide et fière.

Aux aïeux de quatre-vingt-treize,
D'un renom toujours grandissant,
La vénération française
Garde un culte reconnaissant ;
Carnot, Danton, Rouget de l'Isle,
Ces républicains d'autrefois,
Qui faisaient trembler tous les rois;
Des peuples dictaient l'évangile.

IMPRIMERIE F. APPEL

17, RUE DU DELTA, 17

PARIS

www.ingramcontent.com/pod-product-compliance
Ingram Content Group UK Ltd.
Pitfield, Milton Keynes, MK11 3LW, UK
UKHW022344130726
13694UKWH00006B/1187